LOCUS

LOCUS

LOCUS

LOCUS

catch

catch your eyes ; catch your heart ; catch your mind······

Catch 239

你，會長大嗎？

李嘉倩 / 文、圖

編輯：連翠茉
校對：呂佳真
美術設計：許慈力

出版者：大塊文化出版股份有限公司
台北市 105 南京東路四段 25 號 11 樓
www.locuspublishing.com
讀者服務專線：0800-006689
TEL：(02) 87123898
FAX：(02) 87123897
郵撥帳號：18955675
戶名：大塊文化出版股份有限公司
e-mail:locus@locuspublishing.com
法律顧問：董安丹律師、顧慕堯律師
版權所有　翻印必究

總經銷：大和書報圖書股份有限公司
地址：新北市新莊區五工五路 2 號
TEL：(02) 89902588 (代表號)　FAX：(02) 22901658

初版一刷：2018 年 5 月
定價：新台幣 280 元

ISBN 978-986-213-888-5　Printed in Taiwan

你，會長大嗎？

李嘉倩 SERA LEE 文‧圖

記那些
隱隱約約的
「朋友」

目錄

**思念，
連結了幽明兩岸。**

**所有瞬間的停留，
都是一輩子的事。**

序　牽手、放手

升國中的那年暑假，我失去了兒時最好的玩伴。她離去得太突然，即使現在回想起來，還是覺得那是一場夢。那天，意外發生的前幾分鐘，我還握著她的手，她手心傳來的溫度還在，人卻已經消失。我常常會想，如果那時我沒放手，或許，她也能繼續跟我一起長大。

小時候的我總是心事重重，十分無奈作為一個人，討厭人的世界。童年裡，用孤單的靈魂和想像，對著隱匿的無形招手，邀請他們來到我的生命中，而他們陪伴、守護我，讓我明白「世界」不僅僅只有看得見的世界！

三十幾年後，在完成了這本書的文字和圖畫的某個夜裡，我做了一個閃閃發光的夢。寫進書裡的所有人、事、景、物，一切過往光亮無比，燦爛得讓夢中的我睜不開眼睛。醒來，我知道這是一

個告別。我依戀的生命、曾經親暱的無形的「那個世界」，真的要離開了。

每個人手裡，都握著某些「死亡」。那些牽掛的臉孔、熟悉的聲音、難忘的笑容，依稀感覺得到卻再也不在的生命，那份來自分離的傷痛，在內心的黑洞沒完沒了的蔓延！

每天，我們都在經歷成長，帶著回憶，努力的活著。無論面對過多少死亡，都是似懂非懂地先接住，然後開始無止境的流淚、想念和告別。

幸運長大的我，帶著感謝走進心裡，喚醒流逝的時空，輕輕安慰著在那黑洞裡，一小片被推倒在那些死亡裡的自己。我終於可以放開玩伴的「手」了，因為她的生命，早已化為永恆，任意穿越。

沒有預備，
生命就開始了。

在悄悄長大的時光裡，
我任憑隱匿的無形穿越懵懂的年紀。
許多魔幻在心裡進進出出，留下混沌不明。
這些遇見，讓我相信有著同時存在的不同空間。
透過想像，就能直達。

拖鞋

在那百無聊賴的十歲光陰裡，總覺得鄰居家比自己家溫暖。因為鄰居家的客廳地板，鋪著柔軟的白色地毯。我太迷戀光腳踩在地毯上輕飄飄地飛翔，所以時常會跑到鄰居家假裝是他們家的小孩，在地毯上玩耍遊戲到傍晚。

當窗外天色由紅漸紫轉暗，內心便燃起一片恐慌，想起爸爸說：「天黑了，外面就是鬼的世界。」那是我深信不疑的想像，讓我自動回家的指令。我立刻匆忙推開鄰居家大門，拔腿奔跑，就怕在路上遇見夜行遊玩的鬼。

鄰居家距離我家事實上只有五百公尺左右，然而，隨著夜晚降臨，我家便移動到比五百公尺更遙遠的盡頭。太陽下山前的魔幻時刻，很多無形跟著雲影現形。在奔跑的路上，我聞到幽靈的氣味、聽見鬼怪的低語，身後感覺偌大的黑影走來走去⋯⋯

從此，十歲的年紀，我已發現有一種情緒叫作矛盾。我喜愛地毯的柔軟，又恐懼被鬼魅追趕的那段夕陽之路，小小的心臟，常常就在其中忐忑 。

有一次，腳踝彷彿被什麼往後拉住，一個身體不穩隨即撲倒。但我很快又爬起來，繼續奮力、頭也不回地向前跑，絕對不能被忽然出現的鬼魅追上，必須順利回家。那次跌跤，不僅膝蓋破皮流血，還掉了一隻拖鞋。奇怪的是，那隻掉在半路上的塑膠拖鞋，在我到家之前，就已完好的擺放在家門口。見到被送回來的拖鞋，那一瞬間，我忘記膝蓋的疼痛，也忘記剛剛地毯的溫暖，彎身撿起拖鞋，也才發現，腳踝上不知何時多了紅紅的小手印。

骷髏

家裡的天花板傳出球體掉落的聲音。叩咯、叩咯、叩咯……

我家樓上住著幾位親切得像大姐姐的女老師，偶爾，她們會邀請
我和妹妹到樓上玩。被邀請很興奮，因為有點心吃。有一天，其
中一位白皮膚、瘦瘦高高，留著女學生髮型，說話很輕聲的女老
師，在家門口對我揮手，示意我到樓上去，我拉著身邊的妹妹跟
著上樓，走進她的房間。

女老師問我們要不要看看有趣的東西？隨即從床底下拿出一個牛
皮紙袋。從紙袋裡，拿出一個頭骨（骷髏）遞給我。我和妹妹接
過，像拿著一顆球，輪流玩著手中的骷髏。

骷髏頭又重又大，摸起來又硬又冷，我用手指頭摳骷髏的眼窩、
鼻孔、牙齒，或捧著和它對看，想像著它有血有肉時的長相。

女老師說，床底下還有另外兩個骷髏，她有三個骷髏頭。

晚上，天花板又傳出叩咯、叩咯、叩咯……的聲響。我跟媽媽說：「樓上大姐姐床底下的骷髏頭滾出來玩了。」媽媽說：「小孩子不要亂講話，快去睡覺。」

玩火

床底下冒出了一團青綠色的火焰，小小的一團，忽明忽滅。我伸手去抓，摸到火焰的邊緣，是一種冰冷。床底下的黑暗，無邊無際、空空蕩蕩。我偷偷拿了火柴盒，爬進床下去。我想知道，那團青綠色的火焰從哪裡冒出來？又飄到哪兒？

火柴擦出的火光，像流星劃過黑夜，金黃色火焰跳動著，放射出光和熱。火焰快速沿著火柴棒燃燒起來，轉瞬間，在我還來不及看清楚眼前一切，火光熄滅了。

就像童話故事裡賣火柴的小女孩，幻想著小小火焰照射出美好景象，我開始一根接著一根不斷點燃火柴……

當劃下最後一根火柴時，心中突然升起想看熊熊大火的奇異想法。我將燃燒著的火柴棒靠近床板，期待著一場爆發。

大火沒有發生。

當火柴棒靠近床板時，那團青綠色的火焰突然出現在我面前，火
焰裡有一個小小的人，小小人朝著我的火柴吹了一口氣，我的最
後一根火柴就被撲滅了。

「不能玩火！」青綠色火焰裡的小小人對我說，在他消失之前。

澡堂

夜晚,有一團白霧,從窗戶外靜悄悄飄進家裡的客廳。小小的一團白霧,像一股水蒸氣直升到天花板,沿著走廊移動到澡堂。我跟著那團白霧走了過去。

我家澡堂,門上懸掛著一盞發出昏昏微光的燈泡;磨石子地板,裂縫會不時爬出蜈蚣;黑色沖水馬桶經常漏水,坐在馬桶上,我就會想起有條青蛇從馬桶裡爬出來的那個早上;洗手台正前方掛著一面方形鏡子,老舊的鏡面磨損得厲害,讓人總是看不清自己;還有一座小磁磚鑲嵌的浴缸,上方有扇坑坑疤疤的綠色紗窗,許多胖胖的壁虎會從紗窗破洞進進出出,爬上爬下。

我推開澡堂的門,見到那團白霧環繞燈泡,不久,緩緩降落在鏡子前。鏡子和白霧之間忽地捲起一股小旋風,一眨眼,白霧就被捲入鏡子裡。

我熄掉澡堂的燈，關上澡堂的門，回房間睡覺。

隔天早上，對著澡堂的鏡子刷牙洗臉，抬頭發現鏡子左上角站著
一個約莫三公分的小人！小人動也不動，透過鏡子和我面對面。
斑駁的鏡面加上白霧，我看不清楚小人的臉，伸出手輕輕摩擦鏡
面，想把那團白霧擦掉，來回幾次，突然指尖感覺一股電流通過，
我很快地把手縮回來。

我家澡堂的鏡子左上角默默住進了一個小小人，只有我看得到。

壁櫥

爸媽的房間裡有一個壁櫥。打開木頭門，壁櫥三面是冰冷的水泥牆，下方有三排長形抽屜，拉開抽屜會聞到陣陣樟腦丸的清香。上方掛著冬天穿的棉襖外套、媽媽的洋裝、爸爸工作的制服。壁櫥裡還塞著兩個舊皮箱，裝著爸爸年輕時離開家鄉的東西。

玩捉迷藏的時候，晚上睡不著的時候，爸爸媽媽吵架的時候，生氣、孤單、討厭大人、想哭的時候，我就會躲進壁櫥裡，關上厚重的木門，撥開一件件擁擠的衣服鑽出路徑，貼著牆壁窩在角落，外面的世界，瞬間消失。

壁櫥裡的小天地，被黑暗包圍出無極限感的另一個世界。門縫隙處有一道很細的光線上下遊動，那道光是通往現實。我將小小的身體切換到最遠的邊界，拿出鉛筆在牆上畫畫。房子、爸爸、媽媽、姐姐、妹妹、哥哥，還有我，住在牆壁上的一家人。

這時候，壁櫥裡突然多出一位小男生。他坐在舊皮箱上和我說話，他說：「借我鉛筆，我和你一起畫畫。」小男生的雙眼清澈，鼻梁筆直，說話的時候露出潔白整齊的牙齒。他也在牆上畫了「家」，一間矮房子、爸爸戴著斗笠、媽媽穿著旗袍，他和弟弟兩個人打赤腳站在一頭牛的旁邊。我們安靜地畫著，偶爾他會解釋自己畫出來的塗鴉，偶爾我會告訴他我畫的是什麼想像。

門縫那道光線越來越淡薄，一根手指頭就可以全部遮住。小男生說他出來玩太久，要快點回家。我推開壁櫥的木門，小男生在光裡走進了皮箱。

消失前他說：「我是阿志」。
我覺得很好，因為和爸爸的名字一樣。

通往世界的慢車

我搭乘過世界上移動最慢的慢車。

那是校園大門口的電動鐵門,一列好長好長的電動鐵門,有柵欄、可攀爬。鐵門的兩端各有個四方型的電箱,大小剛好適合小朋友乘坐。從警衛室按下開關,電動門輪子在軌道上規律的滾動著,自動的往左邊移動打開,或往右邊移動關起。

小學生的我很喜歡那列電動鐵門,只要它一啟動,我的想像也跟著起飛。它能帶我離開,一幕幕發光的出口,在幻覺的隧道展開。攀爬在電動門上的還有姐姐、妹妹、玩伴和她的弟弟,我們都有各自想去的地方,兒童樂園、大樹的頂端、月球……只要搭上慢車,就能自由旅行。

玩伴說:「晚上坐電動門一定更好玩?」

我說：「也許可以到銀河喔！」

於是，某個晚上，我們約好偷偷去乘坐電動門。那個夜晚，我們開心地往銀河鐵道飛奔而去，一到校園大門口，小輪子便嘎嘎喳喳突然滾動開來！明明沒有人，從黑暗處卻傳來此起彼落的嘻笑聲。我和玩伴同時打了個寒顫，揉揉雙眼再仔細看，確實沒有人，但四周卻充滿各樣人聲，閉上眼睛聆聽，會以為自己彷彿置身某個熱鬧的月台。

我們沒有爬上電動鐵門，只是靜靜的看和聽。
那個夜晚，開往銀河系的慢車顯然早已客滿。

月票

上了公車，我立即發現坐錯車了。

放學後，我去雜貨店買牛奶糖，之後走到路邊站牌下等回家的公車。那是個天氣會讓全世界陷入午睡的星期三下午，站在路邊等公車，我也被周圍那股悶熱催眠著。好不容易，從馬路盡頭出現一輛公車，車身反射烈陽亮得刺眼，一路搖搖晃晃行駛到站牌前停下，車掌小姐將車門推開讓我上車。

小學三年級的我背著書包走上公車，將手裡的月票交給坐在車門旁的車掌小姐，她在月票今天的日期上打了一個洞，再還給我。午後的這班公車，車上只有司機先生、車掌小姐、一位打瞌睡的老爺爺，和剛上車的我。我走到老爺爺後面的座位坐下，望著窗外移動的景物。老爺爺的瞌睡蟲感染了我，漸漸感覺雙眼朦朧，雖然一邊掙扎著不能睡著，但還是搖頭晃腦，快要睡著。就在我

終於坐定精神，轉眼卻發現窗外盡是陌生的風景，前方完全不是平常回家的路。

公車開進山洞又出了山洞，經過一座橋，橋下開滿白色的芒草。看見車子往越來越荒涼的地方開去，我匆忙拉了下車鈴，背起書包走向車門口，赫然發現車掌小姐和老爺爺不知什麼時候已經不在車上了！司機先生似乎沒有聽見下車鈴聲，依然緊握著方向盤前進。我站在車門邊不知所措，眼淚快要掉下來。

公車順著小路繼續前進，雜草橫生的兩旁歪歪倒倒斜躺著墓碑。從車頭大玻璃窗看出去，不遠處的路邊有一位小男生正向公車招手。司機先生緩緩減速靠近小男生，然後煞車，熄火。

小男生推開車門上車，看了我一眼，說：「你坐錯公車了。」

我說：「我知道。」然後開始哭泣。

小男生接著問：「你的月票呢？」

我把月票和牛奶糖都給了他。

小男生走近司機先生耳邊說悄悄話，便轉身走下公車。車門關上之前，他把月票還給我並和我說，司機先生會載我回家。

我停止哭泣，安靜地回到座位上坐好。回程只有幾秒鐘，我都還來不及擦乾眼淚，公車就已經開在熟悉的路上，在先前上車的站牌停下。

我背著書包站在站牌下，陣陣涼風吹拂過來。剛剛被車掌小姐打洞的月票竟然完好如初。我躊躇著，是否還要等下一班公車呢？

夢遊

廟裡的老婆婆接過妹妹的衣服和媽媽帶來的一碗米，安靜又熟練地將米包進妹妹的衣服，順手拿出了一疊紙錢。她將紙錢壓在妹妹的衣服上，將兩樣東西安穩的放到供桌前。然後老婆婆枯枝般的手指頭，輕輕捻起一把香，隨著裊裊煙霧，嘴裡喃喃不斷祈求的話語。

我跟著媽媽到鎮上的廟裡，幫妹妹收驚。妹妹那時總在深夜裡夢遊。熟睡之後的妹妹，會突然起身，坐在床邊自言自語，接著，舉起小手像被人牽著，往家門口的階梯走去，來到階梯頂端，開始玩起猜拳遊戲。雖然眼前只看到妹妹自己一個人在玩，卻感覺她的靈魂彷彿置身某個神祕的世界裡。就這樣，在階梯上上下下遊戲了幾回後，妹妹終於眼皮垂了下來，下一刻，身體也像個被剪斷線的懸絲木偶，軟軟地癱下，回到睡著的模樣。這時，在後面悄悄觀察的爸媽，便會輕輕將她抱起，放回她的床上。

廟裡的老婆婆將米從妹妹的衣服裡拿出來,凝神注視著碗裡的米粒良久,然後緩緩抬起黑黑的小眼珠,露出光彩,她對媽媽說:「有啦!神明有說,會幫忙妹妹的魂魄回來。免煩惱!妹妹會白天乖乖,晚上好好睡覺。」

離去時,我和媽媽跨過門檻走出廟門,一道強烈的光直奔我們腳邊。遊動在光線裡的浮游微塵,彷彿活著。我回頭望向廟裡的老婆婆,發現她也正看我,對我微微一笑,接著她就轉身,朝著廟裡黑漆漆的地方走去。

土地公

姐姐騎著腳踏車去雜貨店幫媽媽買雞蛋，不一會兒，她又折回來，雙手托著下巴走進家門，經過的地上出現一滴滴血漬。她告訴我們，她從腳踏車上摔出去撞到下巴。爸媽一陣驚慌，立即騎著摩托車載姐姐去鎮上找醫生。

姐姐把腳踏車丟在路上，所以由我和妹妹走路去將它牽回家。家裡到雜貨店是一條下坡的小路，右邊甘蔗田，左邊叢生雜草。接近雜貨店的角落有一座小小的土地公廟。很普通的土地公廟，小小的廟宇，三面牆，一個屋頂，供奉著一尊面容慈祥的土地公神像，兩邊點著紅色蠟燭，供著鮮花和水果，廟門前的香爐總是燃燒著三炷香。我們習慣經過便停下腳步，對著廟雙手合十。

我和妹妹在土地公廟前發現了家裡的腳踏車。腳踏車看起來還完好，旁邊站著一位頭髮花白的陌生老人。老人牽著腳踏車走向我

和妹妹，然後緩緩彎下腰身，慈藹的說：「小朋友，騎腳踏車要小心。」說著伸手摸了摸我和妹妹頭，頓時感覺有一道光從我們頭頂罩下。

晚上，姐姐從診所回家，下巴覆蓋著白色紗布，據說傷口縫了三針。我們問她意外發生的經過。

她說腳踏車騎到半路，突然背後被重重推了一把，她就這樣飛起來又往下掉。「眼看我的頭就快要撞到電線桿了，突然出現一道光芒擋在前面，我就摔在地上！記得有位老人把我扶起來，拍拍我的頭，我就到家門口了。」

我們都覺得這個意外好神奇。
也很好奇，到底是誰推姐姐 一把，害她受傷。

洗衣婦

小學生時上下學校會跨越鎮上一座古老的小橋，橋下雜亂生長著茂密竹林和野生的幾棵香蕉樹。早晨時分，會有三位老婆婆手臂挽著裝滿衣服的竹簍，從竹林或香蕉樹叢裡悠悠出現，蹲在河流邊默默低著頭洗衣服。

離橋下不遠的地方有一處天然的湧泉，湧泉古老幽微，不斷從地底冒出清澈的泉水，泉水靜謐地慢慢聚集匯流，逐漸分支往周圍四散，瘦長的小河流，嘩啦啦的日夜流動。

早晨，我背著書包走過水泥色的橋墩會習慣性駐足停留。有時會見到一隻黑色大貓捲起長尾巴優雅地坐在橋頭上，貓眼縮成一條細線盯著橋下洗衣服的老婆婆們，我也喜歡看老婆婆蹲在河邊洗衣服安靜緩慢的姿態，她們拍打搓揉洗淨衣服的形體動作像一場默劇表演。後來我漸漸發現，只要認真注視橋下的竹林、香蕉樹或河流，我的一部分小小靈魂就能在橋下走來走去。

最後一次見到橋下的三位老婆婆的景象是一場恐怖的夢境。

那天早晨，天空飄著綿密的雨絲，原本想跑步跨越小橋，但是眼角餘光撇見橋下洗衣服的老婆婆們似乎抬著頭望向我。我停下腳步，轉過頭面對橋墩往下仔細地和她們面對面，三位老婆婆的臉長得一模一樣，蒼白的面容還有發紅的雙眼。其中一位，手上還抱著橋頭上的那隻黑色大貓。她們沒有開口說話，可是我的心裡聽見她們對我的呼喚。我的身體彷彿被綁了咒語，像小小的木偶被老婆婆拉著走。在被往橋下的方向拉過去的同時，我也被出現在橋上的另一個不知名的力量用力的扯回來。

之後每天上下學，我還是必須經過那座小橋，除了雨天，坐在橋頭上的大黑貓會以影子的形體顯現，橋下洗衣服的老婆婆們消失得無影無蹤，我已經見不到。再幾年之後，天然的湧泉也枯竭，一滴水都冒不出來了。

紅包

一路走一路撿拾，是我從小就很喜歡的遊戲。只要見到路邊有新奇的小玩意兒，當下就撿起放在手心。一粒鈕扣、一根生鏽的鐵釘、一節樹枝、一顆牙齒、斑駁的紙片……我曾經撿過初生的肉色小小老鼠，也玩弄過蜥蜴的屍體。常常懷抱著挖掘寶藏的心情，一路撿到垃圾堆裡，期待從中發現我的金銀島。

撿拾，為無聊的日子增添了很多樂趣，彷彿每件來自未知的小東西，都傳遞著待解的訊息，一旦解密開來，就將會有神奇的相遇。譬如在平常日子裡撿到紅包，會是個驚喜。在我的腦袋裡，紅包是過年才會出現的禮物，裡面的壓歲錢也必須經過一年的漫長等待才能擁有。

有天早晨，我在路邊撿到一個紅包，立刻以為是天上掉下來的零用錢。但，打開紅包的瞬間，一股毛骨悚然從頭皮直竄腳底。紅

包裡放著一張摺疊的冥紙，攤開來見到一束黑髮、一片透明泛黃的指甲、一張照片！這些東西散發著詭異，同時也充滿吸引力。我伸手觸摸了它們，那束頭髮、指甲，還仔細看了照片。這些動作都不過幾秒鐘的時間，我卻好像走進某個人的一輩子裡。

我將紅包丟回原來的位置，宛如從來沒有將它撿起。回家後，打開水龍頭用力清洗雙手，想洗掉那股毛毛的感覺。觸摸的記憶像徒手捏死蒼蠅，死掉的蒼蠅被水沖走了，透過皮膚仍能記憶殘存的黏液。照片中的那個人，後來出現在夢境裡、牆壁上、木頭餐桌、磨石子地……偷偷跟我回家了。

被丟在路邊的東西安安靜靜，撿起來，才會發現它正訴說著千言萬語，說這命中注定的相遇，它已經等了很久很久。

羽毛球

掉進樹叢的羽毛球，又從樹叢飛回來了！這是一件奇怪的事情。
我和妹妹拿著球拍，呆呆看著自動飛回來的羽毛球。

夕陽的餘暉裡，我和妹妹揮舞著球拍，羽毛球在染著薄薄紅暈的
天空中忽高忽低飛來飛去，妹妹一個殺球，我跳躍起來揮拍還是
無法接到，球飛得老遠，又一下子越過我的頭頂掉進樹叢裡。

那是一個地上堆滿落葉、荊棘遍布，十分荒涼的樹林，很少有人
走進去，所以沒有路。以前和妹妹同樣到這兒打羽毛球，當球飛
進樹林，我們會走進去找，有時球會卡在樹上，有時躲進落葉，
但更多是找不到蹤影。

此刻，我和妹妹站在空地上，回想著剛才羽毛球自動從樹林裡飛
回來的畫面，我們猶豫著，是否要像以前一樣走進樹林探個究竟。

黃昏的天空從橘紅、亮藍到藍紫。太陽慢慢消失，樹林看起來陰森嚇人，神祕莫測。

我和妹妹說：「我們等明天天亮，再來找羽毛球吧！」
拿起球拍，我們準備離去。然後就在轉身的同時，即使薄暮四垂仍清楚見到，飛進樹林裡的羽毛球又從樹林飛回來，啪的一聲，掉在我的腳邊。

會是誰在樹林裡打羽毛球呢？
我們不敢想像，撿起羽毛球，拔腿奔跑。

關不上的門

小時候，家裡前門、後門都是木門加上紗門，但不知道為什麼，前門總是沒辦法關緊，風一吹就打開，把門拉起來再扣上鎖上，不一會兒莫名其妙又開了幾公分縫隙。

爸爸曾經搬回好大一塊石頭，放在門前，說如果無法關緊，就用大石頭擋一擋。

深夜坐在客廳看書，總覺得有人站立在門外。每隔幾分鐘，我就會起身檢查前後門，還會好奇地往鎖孔查看外面晃動的黑影，整晚被恐怖氣氛嚇得無法專心讀書。

長大後，在醫院門診區工作，有一段時間常常工作到凌晨才結束。下班前必須巡視檢查每一間門診的門，確認已經上鎖。對我來說，這道步驟像一場噩夢，儘管我已經長大，身上還穿著護士制服。

我必須試轉門上的喇叭鎖，萬一門沒有鎖上，就要推開門縫，伸手從房裡由內反鎖。往往就在伸手進門診房裡的那一瞬間，小時候夜裡家前門總是關不起來的焦慮和恐懼立刻爆炸開來，覺得會有隻陌生的手從門診房裡冒出來一把拉住我……像小時候家門外站立著的陌生人影。

小時候，家裡的門永遠無法鎖上。那些恐懼跟著時光長駐心門，自由進出，雖然始終不知道那到底是什麼？

死神總是一伸手，
就把生命帶走。

我和他人在時間的河流裡短暫匯集，
經驗生命的脆弱與燦爛，之後又分開。
死亡總是悄然無聲的突然來到腳邊，
伸手一抓就把生命帶走。
發出一聲嘆息！
我流回自己的無常，直到終點。

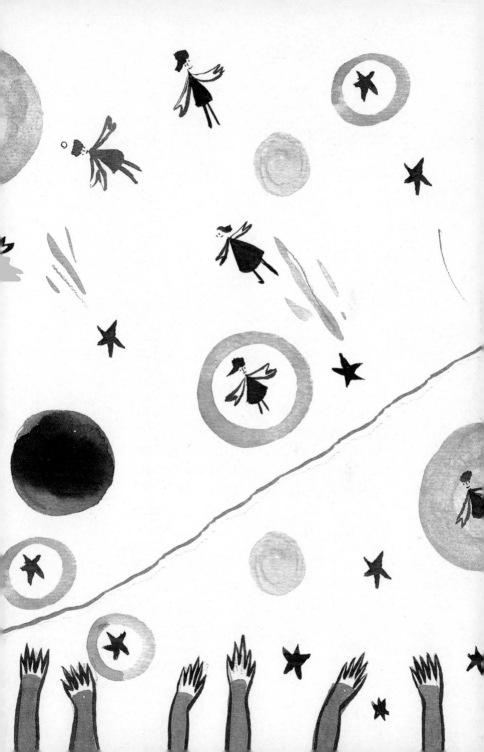

世界末日的灰

那條小路上，天黑時分會出現一位灰色小女孩，附近的人都知道她的存在，我也知道。

綁著兩條小髮辮的女孩，五歲生日那天，她爸爸送她一輛小腳踏車。小女孩開心的騎著車在家門前繞啊繞，嘴裡哼著可愛的歌。一隻黑色大鳥忽然飛過她的頭頂，在瞬間的快樂時光！路口突如其來開出一台大卡車，小腳踏車彷彿被吸進大車輪底下……小女孩碎了，爸爸的心也碎了。

聽大人說，之後，小女孩的靈魂就常常在夜裡出現，騎著她的小腳踏車在路上來來回回。看不見臉，只看得到灰色的背影，和聽到小輪子喀拉喀拉的聲響。

我見過夜裡獨自騎著車的小女孩，和大人描述的一樣，看不清楚

臉，背影最終也像天際劃過的一團流星。

對小朋友來說，「長大」是最重要的一件事。如果還沒「長大」世界就消失，真是太不公平了！小時候就聽說有一天世界會消失，卻沒有人告訴小小的我，生命也一直在走向死亡。

夜裡，一隻黑色大鳥失魂落魄的在夜空中飛翔，獨自騎著小腳踏車的小女孩消失在翅膀的影子之中。小女孩的世界末日很早就來到她的面前，她措手不及的和世界永遠失去聯繫。

大雨

暴雨停止了，積水退去，原本平坦的大馬路上多出了一個大洞。洞口又寬又深，大人們趕緊圍起黃色警戒，提醒路過的人或車小心。 我和妹妹光著腳踩過泥濘趕去湊熱鬧，見到凹陷的大洞，我們互相對眼露出驚訝表情。

就在還下著暴雨的前一天傍晚，我們因為貪玩偷偷跑出家門，在雨中玩水。我們曾經數度經過那個大洞，見過它漩渦般的水流，許多垃圾、樹葉、小石頭就轉啊轉的被吸進漩渦裡去，毫不察覺腳下的路面正悄悄地在崩解。大雨淅瀝嘩啦的不停落下，飛濺在地上交織出一片模糊的視野，但我和妹妹仍然注意到不遠處站著的一位綠色臉的小男生，他神情悲傷的正看著我們，很久很久。

多年前，也是大雨，這條馬路就曾經被沖刷出大洞，還發生有人因此淹死的意外。

聽大人說，是一位媽媽牽著小兒子在大雨中穿越馬路，因為嚴重積水無法看清楚路面的情況，母子雙雙踩空掉入積水的洞裡，直到大雨過後，兩人的屍體才被發現。

我並不認識那對母子，小學生的我聽著大人轉述著意外，結尾那句「好可憐啊！還這麼小的孩子」，就像是自己掉進水裡無法呼吸、拚命掙扎、沉入水裡，感覺無助又悲傷。

我和妹妹很幸運，大雨中沒有掉進馬路的洞裡。那天，我們和綠色臉的小男生對望了很久，身邊的雨滴在我們目光交集的瞬間凝結在半空，像在爭取某段時間的消失。直到聽見爸爸喊我們名字的聲音，雨滴又「唰！唰！唰！」掉下來。

爸爸牽著我們回家，綠色臉的小男生依然待在大雨中。

電線桿

炎熱的夏天，爸爸會將橡皮游泳池拿出來，放在後院的空地。一個很大的充氣式橡皮游泳池。白天，我們兄弟姐妹會泡在泳池裡玩。夜裡，爸爸會泡在泳池裡看星星月亮，順便洗澡。

有一天正午，太陽當頭罩下的炎熱時刻，我們泡在泳池裡正玩得盡興，突然附近的大馬路傳來一聲巨響！有車禍發生。

每次大馬路發生車禍，爸爸就會趕去幫忙，等救護車和警察處理完畢，才會離開。

那天一聽見巨響，爸爸也是連忙趕去現場。回家後，爸爸跟我們說，有兩個年輕人騎摩托車前後雙載，可能一邊騎車一邊聊天，不小心撞上電線桿，都死了。過了幾天，電線桿附近，有人在燒紙錢、招魂、哭泣。

記憶到了這裡格外鮮明，即使回想起來，都還能感受到那天陽光的滾燙；周圍的焦黃景致；身體泡在水裡的涼爽。

還有，我的好奇心帶著自己，偷偷跟在爸爸後面靠近車禍現場，大馬路上癱在血泊中的兩人，在水泥電線桿下方。那是我第一次看見死人。當我泡在泳池裡玩水時，有人一下子死了。

長大之後，騎摩托車，我不敢回頭和後座的人聊天，每當騎車就會自動聯想到死亡，看到電線桿就會想像，有多少人因為撞上它而失去生命。

或許當時不感到害怕的事，其實早已內化成一種噤聲的驚嚇，且如影隨形。

跳火車

坐公車回家的路上，就在即將抵達下車的站牌，我看到車窗外一列長長的隊伍。隊伍綿延數十公尺，羅列的女學生們低頭哭泣著，每個人手上一束香，身邊飛舞著冥紙。

到站後，我走下公車，經過悲傷的隊伍往回家的方向。我慢慢走著，迎來這些女學生姐姐一張張的臉。她們每個人都哭得好傷心，眼淚鼻涕都弄濕了白色制服。接近隊伍尾端，我看見爸爸和一些大人圍聚在一塊。

爸爸穿著學校的工作服，將手中的一些文件往燃燒冥紙的桶子裡丟，他身邊站著一位面容蒼白的女學生，沒有流眼淚。但我知道女學生並不是人。

爸爸回家後，說前幾日學校有一位女學生跳火車死了，女學生在

校人緣很好，所以大家知道消息都很難過；之後幾日，很多同學都見到她回校園的身影，大家既害怕又難過。所以，學校決定舉辦一場紀念會，讓同學傳達對她的思念和祝福。學校也準備了一張她的畢業證書，同時燒給在另一個世界的她。

我和爸爸說，那個女學生也在隊伍裡。
爸爸說他知道，他說，燒畢業證書的時候，女學生在他耳邊小小聲地說：「謝謝教官。」

猴子

一見到那個人的臉，我就想到猴子。

他的長相，就像有人用鉛筆隨便的塗鴉，不說不笑的時候，嘴巴就尖尖的突出；扁平的鼻子彷彿沒有鼻梁，只見得到兩個放大的鼻孔；兩顆小眼睛像散落的黑色彈珠，不對稱的掉在眼窩上；高高的額頭上，頂著亂糟糟好似爆炸開來的頭髮。這隻「猴子」，很難不引人側目。更何況身材瘦長的他，時常穿著一件黃綠相間的條紋襯衫，搭配黑色長褲，黑色皮鞋鞋底鑲了鐵片，走起路來會喀達喀達作響。

猴子在鎮上的鐵工廠工作。工廠裡彌漫著鐵鏽獨特的腥味，磚牆上掛著打鐵的老舊工具；角落堆著煤炭； 一片烏黑暗沉，唯一照明的是鼓風爐持續燃燒的熊熊烈火，一旁有師傅和工人拿著鐵槌在敲敲打打。我見過猴子走進工廠的背影，淺淺的線條邊走邊

掉，大門就像怪獸張開大口，猴子越往裡面走，就從這個世界一點一點地消失。但更多的時候，猴子就面無表情地坐在工廠大門口，對著空氣，嘰嘰嘎嘎地自言自語，說出鎮上的人聽不懂的話。我常想：「猴子為何不離開這裡？他是猴子，應該回到綠色的山上。」

一個冬天夜晚，鐵工廠的火光竄開來。大火衝向天空，隨後噴射著點點火焰，儼然一座火山爆發。直到隔天清晨，鐵工廠最後化成一片焦土。之後，鎮上許多大人小孩紛紛說著，那晚在火災現場，他們都聽到原本睡在工廠裡的猴子，嘰嘰嘎嘎地大聲「求救」。

那是他們第一次聽懂他的「說話」。

夏夜

我的夢境裡常常出現「火紅的太陽滾著火輪子回家了」這幅景象、這個形容，是國中課本裡詩人楊喚寫《夏夜》的文字。讀完之後，持續很長一段時間，我開始夢見遠方有一團紅豔豔的火球，光芒四射，不斷跳躍，從海平面一路往我家滾過來！

在夢裡的我，趴在窗口直直看著它停在我家門口。那幅畫面壯麗無比，有藍色大海、白色海浪、紅紅太陽。

老師說：「詩人楊喚二十五歲時，為了去看電影《安徒生傳》，闖越平交道，腳意外地卡在鐵軌的縫隙，遭火車輾死。」老師語氣平淡的講述了詩人之死，像在播報一則離我們很遙遠的新聞。講台下的我，知道了詩人早已戲劇化的離開這個世界，心裡卻激起巨瀾。

我喜歡他的詩，我不希望他死，也不相信他已經死了。

「睡了，都睡了，
朦朧地，山巒靜靜地睡了！
朦朧地，田野靜靜地睡了！」

睡著之後，詩人就會在我的夢裡甦醒。我發現，夢裡停在家門口
的大太陽，其實是瘦小的詩人從它後面用力推來的。

「來了！來了！從海的那邊輕輕地推過來了。」
小小的詩人力大無窮，紅通通的臉帶著笑容，站在大太陽旁邊揮
手。詩人沒有死，只是跟著火車，飛進人的夢裡，他的文字裡。

蝴蝶

為何那麼喜歡抓蝴蝶呢？看到蝴蝶飛舞，就會想盡辦法抓到牠。
用網子、用紙袋、用報紙、用羽球拍，或用手。

每年一到春天，某個夜晚過後，家附近的牆面就會出現數不盡的
青綠色毛毛蟲，緩緩蠕動著。搞不清楚毛毛蟲是從哪裡來的，原
本的白色牆面頓時就像變成電影銀幕，一整日播放著「遊走中的
毛毛蟲軍團」。但我喜歡觀察這個由許多扭動的青綠色小點集合
而成的畫面，遠遠的看，像風吹動著草原，近一點看，是一隻又
一隻皮膚光滑身體脆弱排列整齊的小毛蟲。

毛蟲越過牆面慢慢爬進草叢裡，然後在一個風和日麗的早上蛻變
成白色粉蝶，輕巧無聲地翩翩起舞。我想將這一季春天的景象搬
回家，於是捕捉了數十隻粉蝶，密密裝在塑膠袋裡，心滿意足地
帶回家。

我將房間的門窗都關上，雀躍地打開塑膠袋口，期待粉蝶自然飛出。等了好一會兒，房間裡始終一片死寂。

往袋裡一看，只見粉蝶薄薄翅膀猶如落葉層層堆疊，原本顫抖的觸角也永遠垂下。握著一袋粉蝶屍體，感覺自己像做了件不可原諒的事，一件再也無法挽回的事。

我走回草叢，輕輕的抖開塑膠袋，粉蝶紛紛掉落，乍看猶如當初輕巧無聲地翩翩起舞。草叢上仍有許多白色粉蝶，圍繞著花朵時停時飛。

我低頭轉身背著牠們而去，弄死一些生命之後，我的心情已經進入冬天。

小黑狗

水溝下的排水洞口出現了三隻小黑狗。

三隻軟綿綿的小黑狗，閉著眼睛擠成一團，黑黑的鼻頭不停的嗅著周圍的味道，還發出像嬰兒的哭聲。我看著三隻小黑狗，猶豫著要不要偷偷帶回家餵養。想著、想著，太陽下山了，我也和三隻小黑狗有了感情，已經放在心上，無法拋下離開。我輕輕抱起三隻小黑狗……

沒走多遠，有一位大哥哥靠近我說：
「小妹妹，你手上的三隻小黑狗可以給我嗎？」
大哥哥穿著白襯衫和黑色長褲，清秀的臉龐上掛著一副黑框眼鏡，說話的語氣很有禮貌也很溫柔，看起來不是一個壞人。

我點點頭，將睡成一團的小黑狗交給他。大哥哥接過三隻小狗，

微笑地說會好好照顧牠們。我很高興有大人接手幫助這些小狗，覺得自己做了一件很好的事。

那天晚上，我做了一個夢。夢見三隻小黑狗背上有黑色的翅膀，坐在我的床邊嗚咽。隨著哭聲越來越大，牠們的黑色翅膀也越來越大⋯⋯大到殺死了月光。

就在幾日後，再次經過發現小黑狗的水溝邊，看見圍著幾個大人，鬧烘烘地對著水溝裡指指點點。我遠遠的看著，沒有勇氣靠近。

忽然，遠遠的人群中，我見到那天那位大哥哥，他正彎著身子撫摸路邊的小黃狗⋯⋯

幸福

冬季的雨天，我在公園電線桿下發現一隻發抖的狗，我把牠帶回
家。

狗又瘦又小，獸醫說已經是一隻很老的狗，活不久了。回家後，
我將牠放進鋪了舊毛毯的紙箱子裡，牠很快的縮成一團閉上眼睛
睡覺。雖然沒有表情，可是我能感覺到牠的安心。一個舊紙箱，
是一隻老狗溫暖的家。

我幫老狗取名叫幸福，希望牠幸福的過完自己餘下的狗日。幸福
身上的毛都掉光了，我幫牠套上舊毛襪保暖。牠喜歡曬太陽，每
次我將牠放在太陽底下，牠就會抬頭用力地聞著陽光的味道。

幸福活得比我預期中的還要久。
圍著圍巾過了聖誕節，也跨了年。然後，就在新年的第一天早上，

在舊紙箱裡，永遠地睡著了。幸福去世的夜裡，我做了一個夢。夢見一位有長長鬍鬚、一身鵝黃色西裝、戴一頂紳士帽、手裡拎著皮箱的老先生，他站在房間的陽台對我微笑。

不久，從天空降下一朵白色的雲，老先生站了上去，隨著雲朵離去。醒來，看看窗外，天還沒亮。我摸摸躺在紙箱裡的幸福，知道牠再也不會醒來了。

幸福現在真的很幸福，乘著白雲，往牠喜歡的陽光味道飛去。

半張臉先生

半張臉先生真的只有半張臉，另一半臉，被厚厚的紗布覆蓋著，幫他換藥的時候，得拆開紗布才看得見。不過，另一半的臉似乎也算不上是臉，因為完全血肉模糊，眼窩不在原來的位置，而且深深凹進去，也沒有眼珠子。

第一次見到半張臉先生，心裡想：「這樣怎麼還能活下去？」半張臉先生讀出我心裡的想法，他對我說：「我看起來很可怕吧！其實我也不想活著。」

半張臉先生是我在醫院實習，負責照顧的病人。每天跟著醫生和學姐幫他的傷口換藥。不管經歷幾次，每當紗布打開的那刻，眼前看到的還是叫人怵目驚心。半張臉先生這時候則會不斷重複說他以前有多麼的帥，然後問醫生什麼時候這受傷的半張臉才能復原。

有一天，就快下班了，半張臉先生叫住我：「小護士，你過來。」
我看到他一身西裝筆挺，精神很好，僅有的眼珠子閃閃發亮。
他說：「小護士，我看起來是不是很帥？」

半張臉先生向我道謝，謝謝我每天幫他換藥，還有會聽他說話。
然後，我們互道明天見。當我步出醫院的同時，半張臉先生正往
頂樓走去。

隔天上班，病房裡已經沒有半張臉先生了。
學姐幫我換了另一個照顧的病人，繼續我的實習生活。

日後，我常常會想起那天的半張臉先生。希望他在另一個世界，
老天已經還他另外半張臉了，讓他回到以前很帥的模樣。

生日快樂歌

鄰居叔叔去世了，爸爸媽媽帶著我和妹妹到他的靈堂上香。牆上掛著他的遺照，照片裡的他健康、明亮。我們向照片的他彎腰鞠躬，但我的眼角餘光看見，他其實正站在客廳後面的走廊上。

鄰居叔叔還沒生病前是一位開朗親切的大人，和我們一家人感情融洽。遇到我和妹妹總會笑呵呵地和我們打招呼，給我們糖吃。有一年，妹妹生日的那天，他送來一個三層奶油大蛋糕。我還記得，當蛋糕出現眼前時，我們全家人只顧著傻笑好久。軟綿綿的大蛋糕散發美夢的氣味，香香甜甜的。鄰居叔叔和我們一起圍著它大聲唱著生日快樂歌，蠟燭的光影在他微笑的臉上閃動，眼睛瞇成一條細縫像美麗的彩虹。沒有人知道，不久之後，他的生命會像那燭光，唱完祝福的歌，就將熄滅了。

在一個平常的日子裡叔叔就生病了，之後時常坐在輪椅上，輪椅載著他去醫院、回家、再去醫院、再回家……最後一次見到他，

他軟綿綿的陷在輪椅中央，臉色像泡得很濃的烏龍茶，肚子大得像充氣青蛙，由面容憔悴的鄰居阿姨推著。

為什麼會生病呢？為什麼會死掉呢？

爸爸說：「叔叔肚子裡的腸子都壞掉了，所以沒辦法繼續活著。」在他快去世的那段日子，我們時常聽見他痛苦的大叫。直到他已經去世，喊叫聲偶爾還會在夜裡迴盪。每當我聽見喊叫聲時都會想：「是同一個人的聲音啊！曾經無憂地唱著生日快樂歌，也會因為生病而痛苦地喊叫！」後來，我們家的人覺得，鄰居叔叔並沒有完全死掉。他會站在我們家的門口，會在深夜裡大叫，有幾年妹妹的生日，唱生日快樂歌的時候他也會出現⋯⋯

過了幾年，夜裡的喊叫聲逐漸減弱變小，之後自然消失。我們替鄰居叔叔開心，他終於放下疼痛，放下我們這些鄰居，飛到另一個新地方，自由歌唱。

身分證

每個人一出生會有一張出生證明，成年了會有一張身分證，生命結束會有一張死亡證明，代表身分證上的人從此消失。

病房的一位年輕男生在夜裡去世。他的家人和朋友圍在床邊，陪伴他走完人生最後一小段路。

年輕人住在病房一個多月，經常蜷曲在被子裡。因為生病，身體乾枯，蠟黃的皮膚包裹骨頭，雙頰凹陷，上下顎緊緊咬著，沒有笑容。我無法看清楚他的長相，因為常常只能在微光下做治療。他禁止拉開窗簾，也不喜歡點上燈。他知道自己快要死了。我們也知道。

年輕男生安靜的去世了，沒有打擾到任何人。他的媽媽將他的身分證交給我，因為要開立死亡證明。

我盯著身分證上的年輕男生。照片裡的他，眉清目秀，笑容燦爛，眼睛望著前方，彷彿那兒淨是美好。但事實是在不久之前，我和同事們才親眼目睹了他的死亡。

生命，怎麼可以這樣？

送走年輕男生，清潔阿姨很快地過來打掃。我拉開窗簾，迎接今天早上的第一道陽光。一下子，日出的陽光就照進病房，大把的落在整齊的病床上。

年輕男生的靈魂，正好坐在那道陽光下。

鬼是人也是鬼，
徘徊在生死之間。

我的童年玩伴，有一些是鬼。
他們輕輕地飄進我的生命，
向我顯現靈異奇妙的世界。
我的童年生活，感受平凡無趣的每一日，
因為和鬼魂遊戲，散發奇異光彩。
鬼和人一樣，渴望陪伴，也會哭泣⋯⋯
鬼的人生故事，牽起對消逝的思念，
迴盪在生和死的交界裡。

阿兵哥鬼

有一棵巨大的老榕樹矗立在爸爸工作的校園裡。老榕樹的氣根向下盤根錯節緊緊地抓著泥土地，往上蓬勃生長的樹枝遮天蔽日，綠葉茂密幽幽如影。圍繞樹幹一圈，生長著數不清的垂懸氣鬚，每一條氣鬚都在靜悄悄的呼吸著隱藏在樹幹裡的生命。

老榕樹旁是一間陰森森的軍械室。軍械室的角落被大榕樹蓬蓬枝葉鋪天覆蓋，陽光照不進去。打開軍械室堅固的鐵門，裡面陳列著冰冷沉重的槍械。在我還小的年代，學生必須有軍事訓練課，練習打靶。把步槍扛在肩頭上好好瞄準，打敗敵人的威脅，時時準備好有一日反攻是每位學生的夢魘。

老榕樹下有一個上吊自殺的阿兵哥鬼。二十歲年紀的年輕男生，因為抗拒回部隊，所以穿著軍裝在老榕樹的枝幹上上吊自殺了。阿兵哥鬼會在傍晚的時候出現，站在老榕樹下哭泣，哭泣的聲音

充滿怨恨，嗚嗚嗚的哭不停。

爸爸說：「有很多啊！因為不想當兵而結束生命的人。」
我們安然地走過的那個年代，一切看似單純美好，卻充滿不能說
的祕密，嚎啕的鬼哭聲反而更接近真實。

嚎啕的鬼哭聲一定能夠瓦解夢魘，當未來有一日軍械室被摧毀，
再也見不到任何冰冷的槍械。

紅色小洋裝

爸爸工作的校園，很久以前是一片亂葬崗。校園裡的廚房、餐廳
附近，常常有一位女鬼在四周遊蕩。我們都知道她的存在，卻不
知道關於那位女鬼的任何故事，也許，她是待在這個地方最久的
鬼。

她常常出現在廚房走道邊，運送食物的貨梯裡，或往二樓餐廳的
樓梯轉角。她一動也不動的躲在陰暗處，凝視著我們這些活著的
人。黑色長髮蓋住臉，白色衣服，沒有腳。隨時準備要抓走可以
陪伴她的人。

我一直認為，玩伴的意外死亡是她搞的鬼，雖然沒有任何證據。
玩伴去世後也從沒透過夢告訴我，那天下午到底發生了什麼事。
可是，我就是知道。那個下午，一定是那位女鬼推了玩伴一把，
神不知鬼不覺的，讓她掉進行進中的電梯縫隙。

玩伴去世的那個夏天，平常一起玩耍的大家都哭了，我和妹妹的童年，也在巨大的驚嚇和掉不完的眼淚中結束。學校的警衛伯伯後來告訴我們，他在我們玩伴發生意外的前幾天，做了一個夢，夢裡，玩伴穿了一身紅色小洋裝，飄浮在他的夢境裡很久很久。

玩伴去世之後，遊蕩在廚房附近的女鬼消失了一陣子。再出現時，看到的人形容她，沒有腳，黑色頭髮蓋住臉，穿著紅色洋裝。

小男生

小時候全家人住在爸爸工作的學校教職員宿舍。正確的位置是學校校門口左邊的小斜坡上去的方向。那時的學校校園，只有幾棟建築物，其他地方都生長著荒蕪的雜草。

幾十年前，雖然我們是住在學校的大馬路旁，但人煙稀少。每當放寒暑假的季節，更幾乎看不到任何新鮮面孔。我會玩一種蹲在路邊計算有幾個人經過的遊戲，等了幾個小時才數到一位路過的人。那種毫無意義的遊戲，只為了打發無聊的時間。

家附近，什麼都沒有。只有同在教職員宿舍的玩伴一家人。就這樣，玩在一起的小朋友也是固定的幾個人，我、妹妹、兒時玩伴、她的兩個弟弟，偶爾我二姐會加入我們。

所以，當那天傍晚，我們幾個小朋友在校門口空地前玩耍，從夕

陽橘色光彩中漸漸走來一位小男生，變成玩伴，對我們來說，記憶特別深刻。

小男生和我們一起遊戲了很多天，每天傍晚他就會從夕陽裡出現，解散後獨自往來的方向走去，消失在黑暗中。

有一天傍晚，小男生沒出現，直到天黑也沒有。
等不到他，大家才開始討論這位新玩伴。

他，好像從來都沒有開口說話。
他，好像也沒有大聲哈哈笑。
他，好像沒有穿鞋子，打著赤腳。
他，好像沒有影子。
他，到底是從哪裡來的呢？

甚至連他的模樣，我們也已經忘了，即使一起玩耍了很多天，終究還是記不起他的臉來。

他是一位這麼沒有存在感的小男生，瘦小的身體輕飄飄的，像一隻小小的鬼。無論是人還是鬼，小孩子都喜歡玩在一起。一同追逐跑跳的遊戲瞬間，即便是面無表情的小鬼，應該也會感到開心。

捉迷藏

那個黃昏，我和同伴玩捉迷藏。當大家一哄而散，各自尋找躲藏
的地方時，我見到不遠的樹下，有個小女生向我招著手，她的手
有一股說不出的魔力，我很自然地就往她跑去。

「躲在這裡吧！」小女生說。於是，我很開心的把自己擠進樹下
的樹叢裡，從我躲藏的隱祕角度，可以清楚地觀察這場遊戲。大
家來來回回的奔跑、追逐，笑聲不斷。

躲藏的人一個一個被抓到，落日長長的影子也漸漸消失，發現天
黑了，當鬼的人於是大喊：「放牛吃草！」
聽見「放牛吃草」，我起身準備往同伴的方向跑去，不料小女生
一手拉住我，不讓我出去，她說：「我還想玩！」
小女生的手小小的卻很有力氣，我當下無法動彈。
我說：「放牛吃草了！聽見放牛吃草，大家就要都出現。」

小女生生氣的繼續用力拉著我。

同伴等不到我，一起大聲喊著我的名字。

我和小女生說：「我出去和他們說，再玩一次捉迷藏，好嗎？」

小女生聽了點點頭，終於放開我。

我趕緊頭也不回的跑出去，一邊跑一邊大喊：「放牛吃草，快點回家！」突然感覺到一股怒氣隨後逼近過來⋯⋯

後來，小女生追到了我的夢裡，我們一起在夢裡玩捉迷藏，很多年⋯⋯直到我變成大人，小女生才沒再出現。也可能是我的模樣變了，也可能是小女生找不到我夢境的入口了。

廁所有鬼

有著酒糟鼻的周伯伯負責打掃學校的廁所。常常看到他左手拿著水桶、右手拿著拖把的背影，同時間聽到他哼著的小曲。

周伯伯會和我們小朋友說，某棟大樓的廁所有鬼，提醒我們不要靠近。我們都記住他說的話，只是有時跑著跑著就跑出「線」了。某個星期天，或許也是冥冥中有一股力量牽引，我和妹妹和玩伴不知不覺一路玩到了那間廁所附近，而且三人決定鼓起勇氣手牽手走進去。

那是一棟四層樓教室，坐落在校園的邊際，被香花樹和竹林圍繞。廁所在一樓的一隅，正對著上下樓的階梯。走進去，左側是矮矮的水泥洗手台，上方掛著小鏡子，映照著掛在對面牆上的幾支掃除用具；除外，就是左右兩排各有五間蹲式廁所，扣環式木製門在沒人使用時，會微微打開一條縫，所以一進來就很容易分辨裡

面有沒有人。

我們慢慢往裡頭走，一邊窺看著木門的門縫，顯然沒有任何東西。一整間廁所安安靜靜，直到走到最後面的那間，我們發現唯一上了鎖的廁所。木門反扣，應該是有人在裡面。我們敲敲門，等著回應，卻沒有回應，反倒聽見嘩啦啦的沖水聲。我們趕緊往門口走，裡面的人要出來了……

只是，等了又等，始終沒有人走出來。我們想起周伯伯的話，好奇的又往那間廁所走去。就在快接近時，眼前的門突然喀噠一聲被推了開來，我們嚇得大聲尖叫！

周伯伯沒有騙我們，廁所裡，真的有一個鬼……

灰姑娘

已經是傍晚時分，我在爸爸工作的學校到處亂跑。經過某間教室，看到講台前坐著一位女學生，頭低低的，臉都要碰到桌面了。

空蕩蕩的教室光線黯淡，我停下腳步，站在教室後門看著。她的背影看起來很孤單，兩條細細的胳臂自然下垂，整齊的短髮遮住臉。雖然看不到她的臉，但是我知道她正在哭泣。

校園裡六點的鐘聲「噹！噹！噹！」響起。就在這時，女學生從椅子上起身，往教室前門走去。我站在後門看著她越走越遠，然後轉進角落的廁所裡。等到她的身影完全消失了，我才注意到她一路留下的水漬。

後來幾天，我在差不多時間，一樣去到那間教室後門看著。那位低頭的女學生，也同樣坐在老的位置上，然後鐘聲響起、走出教

室、跑進廁所，消失不見。

女學生像不停在因循著某個時間，毫無抵抗的重複著某種經歷，
直到學校的鐘聲催促著她離去。童話故事裡的灰姑娘，午夜零時
的鐘聲響起，所有魔法就要消失。

接著冬天來了，傍晚天空就已經一片漆黑。
我不敢再走進校園，那個到處充滿著魔法的校園……

鬼的眼淚

那年暑假，有一場大雷雨特別詭異。那雨，是鬼的眼淚，因為我在雨中聽見鬼在哭泣。

暑假的日子裡，我每天玩耍。身上穿著印有「我愛中華」的T恤、運動短褲，踩著塑膠拖鞋，在爸爸工作的校園裡奔跑。偌大的校園空蕩蕩的，見不到人影，我想像它是一座航空母艦，每間教室是不同的祕密基地。走進教室，拿起粉筆在黑板上寫字畫畫，假裝自己是老師；爬樹、到水池抓蝌蚪，玩泥土、挖洞……想要冒險，就會帶著一些零食和木棒，往雜草叢生的荒蕪裡前進。

那天下午，我、妹妹和玩伴在運動場玩賽跑。忽然，一片烏雲飄過，接著就嘩啦啦啦的落下大雨，三人趕忙跑到最近的教室走廊躲雨。大雨來得又猛又急，大家的頭髮和衣服都淋濕了，但還是很開心，笑個不停，繼續在走廊上遊戲。不久，我們同時聽到除了雨聲之外的另一種聲音。那瞬間，我們都靜止了下來。是一個

女生在哭！第一聲是嗚，接著音量變大，嗚～～嗚～～，然後第三聲是嗚～～嗚～～嗚，震耳欲聾，好像就在我們的耳朵旁邊廣播大哭。

我們三人嚇得起雞皮疙瘩，也不管外面的大雨，只管往雨中瘋狂奔跑，下坡直奔校門口。一邊跑一邊驚慌，或許還夾帶著人生第一次聽見鬼哭的興奮。

氣喘吁吁跑到校門口的警衛室，七嘴八舌地和警衛伯伯描述剛剛的經歷。伯伯耐心聽完，等我們冷靜之後，他才說：「下大雨會帶來陰氣，所以，你們真的遇到鬼了！你們看看，這裡，地上乾乾的，校門口這邊都沒下雨，還出大太陽呢。」

我抬起頭來，亮晃晃的陽光讓我不得不瞇起眼睛。
同樣的陽光，在同樣的時間卻照不進另一個空間。

停電的夜晚

小時候，只要遇上風雨交加的颱風夜，我們住的地方就會「啪嗒」一聲，突然停電。即使是平凡的世界，少了光，瞬間也變得神祕異常。

有一次颱風夜的大停電，爸爸和學校工友叔叔帶著手電筒冒著風雨，兩人騎摩托車到學校機房開電源總開關。

機房在距離校門口最遠的山坡上，一片黃土上，就只有一間電機房。爸爸和叔叔全身濕答答，打開機房的門，用手電筒照著眼前的漆黑。就在光朝向電源開關時，發現角落有一個女鬼正坐在那兒，面露兇惡的瞪著他們。

爸爸和叔叔關掉手電筒，轉頭離開了。爸爸回家後和我們說：「快去睡覺，今晚電不會來了！因為電機房裡有個很生氣的女鬼。」

我看著牆上搖曳的燭影，想著那個女鬼。隨後即使躲進被子裡，還是感覺冷冷的風跟著灌進來。

停電很好啊！少了燈光，一些自然存在的東西就都被看到。

太膽小

我家後面空地生長許多植物，百香果、桑樹、楊桃樹、葡萄，再遠一點有地瓜和荔枝。不過，到了晚上，黑漆漆一片就什麼也看不到。

曾經深夜裡有位女生站在窗口看著我，我鼓起勇氣偷偷往窗口看出去，看見荔枝園裡有位女生的身影逐漸變大。

國中時候，床頭的收音機會在半夜自動響起，發出對頻的那種「嘶嘶沙沙」。這件事很困擾我，覺得可怕，於是睡前我把收音機插頭拔掉，電池拿出來，心想沒有電就沒有開關了吧！不料，半夜還是被「嘶嘶沙沙」的聲音吵醒。躺在床上，突然發現原本會站在窗口看我的女生，不知何時進到家裡來了，正坐在床尾注視我。

我從來看不清楚她的臉，她是一團黑黑的影子。

是我的幻覺嗎？還是因為太膽小？兒時的記憶，回想起來真真假假都已經混雜在一起了。

驚悚童年，最後其實只看見一個孤單寂寞的小孩，在天黑後，反覆在夢境中自己嚇自己。

紙娃娃

餅乾鐵盒裡收集著我的紙娃娃。

用紙裁剪而成的人形，有女生有男生，有小女孩也有小男孩。它們各自有不同款式的衣裳、鞋子、帽子、手提包，也有各自的名字、長相和興趣。它們就像我熟悉的朋友，我們每天見面說話，我會幫它們布置舒適的環境，有地毯、沙發、水晶燈，甚至還有汽車，然後小心翼翼的將它們拿出來，為它們打扮，假裝它們生活在其間。其中，我最喜歡小美了。小美是我自己親手畫的紙娃娃，有著長頭髮和一雙大眼睛。她是紙娃娃國裡的公主，我總是會問她今天想穿哪一件衣服？想去哪裡玩？

但媽媽不喜歡紙娃娃，她說她小時候曾經路過正在辦喪事的人家，見到擺設在靈堂兩側的金童玉女紙偶對她眨眼睛。之後晚上做夢，夢見那對金童玉女直直注視著她。

農曆七月是鬼月，同學和大人都說紙娃娃晚上會變成鬼，得把它們撕掉、燒掉。

我很喜歡我的紙娃娃，可是我也很怕它們變成鬼。於是我在七月的一個日正當中，蹲在水溝邊將餅乾盒裡的紙娃娃燒成灰燼。看著它們被一把火燒光光。

那天半夜，我知道小美回來找我了！她一身黑漆漆的，側著臉安靜地站在窗口，周圍飄散著淡淡燒焦味。我心虛地用棉被蒙著頭，暗自對她說：「對不起，小美！等鬼門關上了，我再把你畫回來。」

吹狗螺

爸爸的朋友送來一隻黑色短毛的大型杜賓狗,我們叫牠英雄。英雄被關在一座好大的鐵籠裡,即使如此還是雄赳赳氣昂昂。

籠子裡放了食物和水,爸爸把籠子放在後院的桑樹下。英雄睜著兩粒圓圓亮亮的黑色眼睛,觀察著四周陌生的環境,濃密的黑色短毛在月光下閃閃發亮。

那天晚上11點,後院傳來英雄不斷的「吹狗螺」!爸爸和我拿著手電筒去察看,我們在後院繞了一圈,除了月光和樹影,什麼也沒有,只見英雄下巴抬得高高的,對著桑樹不停發出低沉的「嗷嗚~~」。我們決定把籠子推回家裡,一進門,英雄就停止嗚咽,隨後安穩地趴下來睡覺。

隔天,籠子放在家門口。

爸爸說：「前門有路燈，比較亮，英雄應該不會再哭叫了。」

我們還為牠結上紅領巾，拍拍牠的頭和牠說不要害怕、要勇敢。那晚，才過了七點，英雄在前門又像昨晚一樣「吹狗螺」！聽得我們全身發毛，我們又把籠子推回家。爸爸笑著說：「原來我們家前面的鬼，比後面的鬼還要多啊。」

當天晚上，爸爸就把英雄還給朋友了。
杜賓狗英雄，只在我們家待了兩天，那兩個夜晚，到底牠為什麼嗚咽呢？

道具

學校話劇社準備演出一部戲劇，向道具公司租借了一些器具和戲服。奇怪的故事就從那批道具運到學校，打開道具箱，拿出演戲的服裝開始

那部戲的故事發生在清末民初，所以服裝造型都是舊年代的裝扮。話劇社同學每天認真排練，一開始，有些社員發現舞台上多出一些陌生的臉孔，也有演員模樣的人在後台走來走去，後來，漸漸的，發現那些演員看起來是半透明的，面容蒼白，表情木訥，飄飄的身體穿著長衫、旗袍、繡花鞋，有的女生還裹著小腳。

話劇社同學終於認真討論這些陌生演員了，大家的心裡不斷湧起毛毛的感覺。最後，社長和一些同學到附近的廟裡拜拜求助，廟裡的師父說，那些鬼魂是跟著道具來的，不用害怕，等戲演完，還了道具，那些鬼魂也就跟著回去了。

演出那天，舞台下擠滿觀眾，謝幕時掌聲不斷，話劇社同學的努力顯然得到肯定。結束後，道具公司就把道具一箱箱載走了。

其實，那天晚上的表演，據說舞台上也很熱鬧，很多「演員」都一起擠上來了。

手

學校警衛室的黃伯伯，和我講了一個他親身經歷的鬼故事。

他十五歲還在家鄉時，有一天必須趕路到另一個城鎮，大半夜經過一棟廢棄的大宅院，因為感到非常疲倦，所以走進大宅院，打算睡一下再繼續趕路。

記得那天晚上的月亮又大又圓，灑落一地的月光照明了宅院裡各處細節，柱子、屋簷、牆角、窗櫺、桌椅，到處都布滿灰塵和蜘蛛網。大廳堂牆上掛著幾幅先人的畫像，祖先牌位排列整齊，家具擺放得大器，就只少了人氣，顯得死寂。他很快找到了可以睡覺的床鋪，而且一躺上去立刻沉沉入睡。但，明明是炎熱的夏季，睡著睡著，背脊卻感到陣陣寒意，伸手一摸，額頭簡直像結了一層冰，且意外地出現一隻手，彷彿被雷電擊到，他大叫一聲從床上跳起。

一位婦人就站在床前的月光下，穿著一身青藍色連身洋裝，頭髮在腦後梳成髻。他們就這樣面對面，很久很久，直到聽見公雞啼叫，婦人瞬間化成一片薄霧消失。

黃伯伯說，在他老家的習俗，女子因難產去世會身穿青藍色洋裝入殮。所以他覺得那位婦人應該是把他當成她的小孩，才會伸手摸摸他的頭。

聽完這個故事後的很多年，我睡覺都蜷在棉被裡，即使在炎熱的夏天，也不敢露出額頭。

西瓜

我一直想越過那片香花樹叢，看看樹後面有著什麼。大人總說香花樹叢那兒有鬼，警告我們不要過去。但我和妹妹和玩伴，常常討論著要去探險，對於未知的人事物，我們都充滿好奇。

一個大熱天的正午，我們三人心情雀躍，背著水壺，拿著竹棒出發，希望能挖掘祕密。陽光熾烈，在柏油路上蒸騰出一股熱氣。我們走入樹叢裡密遮遮的綠蔭，彷彿披荊斬棘的拓荒人，手裡拿著木棍左右揮砍，異想天開在荒蕪之處開出一條道路來。

眼前鋪天蓋地的雜草，好不容易斬開，冷不防雜草後面還有更多更多雜草。漸漸的，我們也失去耐心和樂趣，因為感覺又熱又累，好像一直留在原地，根本沒有前進。

頭頂上的太陽像一團火球，越燒越烈，我們腦袋也要著火了。忽

然，先是一陣花香撲鼻，然後莫名地出現一位瘦小的阿嬤。

阿嬤對我們招手：「來、來、來，小朋友過來吃西瓜。」太親切了，所以我們毫不遲疑的就往她的方向走去，跟著阿嬤穿過樹叢，去到我常常幻想的另一邊。

阿嬤端來一盤切好的紅色西瓜，身後是磚塊堆砌的老式三合院。紅色西瓜上撒了白色的鹽，結晶體附著在果肉的縫隙，每咬一口都是甜滋滋的好味道。吃完西瓜，我們喊著阿嬤，想向她道謝。於是，我們走進三合院中間的廳堂找她。

沒想到，一跨過門檻立刻和大頭照裡的阿嬤迎面對上。「她」笑笑的，看著我們。我們向阿嬤鞠躬，謝謝她帶我們到另一邊探險，還請我們吃西瓜加鹽。

再見

沒人知道那個女鬼為什麼喜歡待在那間病房。女鬼不會特別出來
嚇人,她只是會發出某些動靜提醒大家她的存在,例如在半夜沖
馬桶,或打開水龍頭任水流;例如半夜在病房按下叮噹響的叫人
鈴;又例如,從病房打電話到護理站,而當我們接起話筒,她又
不說話。

病房不會常常都空著,當她那間病房有新的病人住進去,她就會
自動躲進櫃子裡。不過,有時比較敏感的病人或家屬,就會說覺
得病房怪怪的,晚上會聽到櫃子裡傳來女人說話的聲音。

大致上,女鬼和在病房工作的我們平常還算相安無事,直到病房
整修。病房整修是個大工程,整層樓的病房都被打掉重新整理。
期間,我們被分派到醫院不同的單位工作,三個月後回來,只見
原本的場所變得明亮、寬敞,煥然一新。

大家都喜歡新的病房，動線流暢，乾淨得閃閃發亮。

原本有女鬼的單人病房也被打掉，改成可以住進三個人的普通病
房。之後就再也不見女鬼了，大家都覺得她搬走了。清潔阿姨說，
工程快結束的那段時間，常常有一位穿著白色旗袍的女子在這層
工地出沒。工人們都覺得她是鬼，沒有人理她，而就在整修完工
那天，工人們看到女鬼頭也不回的走進電梯，消失得像一個驚嘆
號。

思念，
連結了幽明兩岸。

活著的，念念不忘，
死去的，眷戀著活著。
失落的靈魂頻頻回首，
順著傷口的光找尋永恆的相遇。

電話

我曾經打電話到朋友家找朋友，電話撥通，回應的是電話答錄機，傳來朋友父親的聲音說：「你好，我是某某某，現在不方便接聽你的電話，有事請留言。」

我認識朋友的父親，也記得他的聲音，還參加過他的喪禮。朋友的父親已經在另一個世界了，答錄機裡的他，彷彿站在空曠的無極，從遙遠的彼方傳來回應。

後來我再打電話給朋友，朋友接了電話，我說了電話答錄機的事，她笑說她家從沒裝過這樣的機器，但很興奮我聽見了她父親的聲音！

以前在醫院工作，有時夜班也會接到各種莫名的電話，小嬰兒的哭聲、老人的笑聲，或是只發出窸窸窣窣……這些電話總讓人有

股不可思議的穿越感，透過連線兩個不同世界可以溝通，活著的人和死去的人可以交換訊息。

一直都有傳說，午夜十二點拿起電話撥十二次〇，就可以聯繫另一個世界。

你相信嗎？如果真能打通，你想和誰說話呢？

白衣蒼狗

我的祕密基地在一處荒蕪的磚牆廢墟。夏日午後，我喜歡躲在那
兒的角落玩耍，一個人。除了一些有點魔幻的「朋友」。

紅色的蜻蜓。
橙色的瓢蟲。
黃色的小蛇。
綠色的蚱蜢。
藍色的蝴蝶。
會唱歌的青鳥。
紫色的天牛。
還有小白，
一隻有著軟耳朵、長尾巴的白狗。

我們遺棄了皮膚化膿、長滿蝨子的小白。爸爸騎著摩托車載我，

我抱著裝著小白的紙箱，我們把小白遺棄在陌生的山林中。回家路上，我抱著空的紙箱，心裡惦著兩種重量，記憶中小白的重量和深深的罪惡感。

沒有想到！隔年夏天，小白出現在我的祕密基地，咬著一根樹枝對我搖尾巴。我喊牠的名字，牠就靠近過來。牠身上長著健康發亮的白毛，毛茸茸的閃著朦朧的光暈。我伸手想拍拍牠，但咻的手竟然一下穿過了牠的身體。小白已經變成一隻透明的狗。

有點魔幻的朋友在我的祕密基地來來去去，這裡沒有「徹底失去」這件事。

午後的陽光燦爛耀眼，小白從光裡出現從光裡消失，我知道，牠化成天空的一朵浮雲了，在我的頭頂上方，跟著我回家。

花貓

朋友告訴我，和他生活了十幾年的花貓去世了，可是他還是看得到他的貓。花貓每天在房間裡走來走去或休憩，有時會走過來摩蹭他的腳，或靠著他的背，就像以前一樣。只是，朋友觸摸不到花貓柔軟的毛皮，抱不到牠，也感覺不到牠的溫度和重量。

我到朋友住的地方，也想看看變成靈魂的花貓，他憔悴了許多，但神情卻是愉悅。我們一起坐在床墊上，面對掛著淺綠色落地窗簾的陽台，朋友說，花貓會從窗簾後頭輕巧的出現，像一部電影開場。樹影搖搖晃晃的投映在窗簾上，我盯著窗簾靜止不動的一角，等待花貓。

整個下午，我在朋友的房間裡等著沒有出現的貓，卻是聽到朋友仔細描述了花貓的哈氣、抓癢、伸懶腰、跳躍、翻肚、追逐、舔手心、呼嚕……時不時還加以模仿。聽著他滔滔不絕的思念的話

語，我試圖從他渙散的瞳孔，尋找一點花貓的反光。「是太思念去世的貓所導致的幻象吧！」我心裡想。腦海不斷重複播放貓的身影，所以就見到了貓的影像。但我沒有告訴他，只把想說的話放在原來的地方，安靜的聽著他的自言自語，說他的貓。

一個月後，朋友抱著一隻小小貓來找我，手舞足蹈地告訴我，某天他回家，路上見到他的花貓就在前方，他追著到了轉角處，於是發現了這隻被丟棄在水溝的小小貓。一見到小小貓，就知道牠是花貓投胎轉世的，和花貓小時候簡直一模一樣。

我替朋友開心，他的花貓因為放心不下，選擇再回到這個世界繼續陪伴他。

阿嬤和孫子

滿月的那個夜晚，鄰居阿嬤的孫子出現在皎潔的月光下，落寞的站在家門口許久，頭頂一片陰霾。我經過時，他轉身面向我，黯淡的眼神充滿無限懊惱。他發黑的臉，和幾天前躺在擔架上，被送進急診室時一模一樣。醫院裡，大家都盡力到最後，終究還是無能為力。

鄰居阿嬤趕到醫院，聽到醫生宣告孫子的死亡，她用手壓住自己撕裂的心，沒有呼天喊地的叫孫子回來，而是輕輕呼喊孫子的名字說：「沒關係，你安心地去。」聽見阿嬤的聲音，他的眼角頓時流下兩道擦不完的眼淚，沒有停止。

阿嬤的孫子，他的靈魂應該已經隨著法會送出大海了，今晚又是如何偷偷回來的？鎮上的人都不解，為什麼他會笨到結束自己的生命，也有些人說他自私，丟下年邁的阿嬤。

月光下的他，背上有個可以旋轉的小小發條，看了我之後，他又緩慢順著發條轉向阿嬤家。我想走近安慰他，又有點害怕，畢竟他是我陌生的鬼魂了。

月光昏黃，四下顯得一片迷離。一朵烏雲飄過來，這時阿嬤從家門輕輕走了出來，身穿整齊的黑衣裳，伸出皺巴巴的手轉緊孫子背上的發條，然後，他們並肩慢慢走向巷口，就像平常黃昏裡的散步一樣。

阿嬤在睡夢中安詳的走了，在孫子回來的夜晚。他們倆的靈魂，乘著小船在陰陽交界的海上，一起等待來生的召喚……

天橋

那時候，晚上七點是爸爸看新聞報導的時間，要求絕對的安靜無聲。姐姐和哥哥各自去書桌前讀書，我和妹妹則推開紗門，在一盞又一盞的路燈底下玩耍。

路燈下，我們的影子好長，四周飛舞著綠色的金龜子、臭蟲、天蛾，還有精靈的微光閃爍！順著一盞盞路燈，一路踩著自己的影子前進，到了不遠處的天橋，就是爸媽規定的夜遊界限，再過去，太黑、太危險了。天橋兩側的上下樓梯口，分別矗立著兩盞路燈，光線昏黃，但我看過路燈裡藏著的小眼睛。小眼睛的透明光球，在隱祕的高處守護著來往的行人。

我們家位在城鎮外圍的邊陲，太陽一下山，這裡的世界彷彿也跟著停止了，一片寂寥，唯有馬路邊雙向的小站牌，可以帶給人對遠方的想像。天橋下的馬路，一端是熱鬧的城市，一端是寧靜的

小漁港。夜裡，站牌旁偶爾會悄悄站著一個黑影，沒有五官、身形扁平，孤單地等著公車。他看起來不恐怖，是一個蘊藏著神祕的黑色影子。

我和妹妹在天橋上，有路燈守護的地方存在著散步時光。天橋下的影子人，吞噬著四周黑暗，呢喃自己的生命故事。他在等待一班公車，往大馬路的終點方向，某個漁港。有時，我和妹妹會聽見從橋下傳來影子人的低語，聲音悠遠像海浪拍打，還飄散著鹹鹹的海水味道。

凌晨的候診區

門診結束，已經凌晨兩點了。鎖上門診區的門窗，歸還病歷、送出檢查單，確定工作都完成，關上電燈，就準備下班了。這之後，空蕩蕩的門診區就只留著緊急出口的幾盞小燈。但就在小燈暗淡的光線中，我看到一位頭髮灰白、彎腰駝背的老人，坐在柱子後面的座位。

我走了過去，想詢問他是否需要幫忙，仔細觀察才發現老人並不是人，是一個平面的影子，穩妥地貼在椅子上。而老人身邊，原來還有其他像他一樣的人影！他們安靜地等候著，就像那些平常在門診等候看醫生的病人，臉上變換著無助的表情。

於是，我默默轉身，小心翼翼的踩著腳步離開。換下護士服，我也是個膽小怕鬼的人。凌晨兩點之後的門診，已經不是我工作的場域。就讓他們那個時空的人影自行處理吧。

KEYMAN

萬伯伯是一位 KEYMAN，身上總是掛著許多串鑰匙，走起路來，鑰匙碰撞發出叮叮噹噹的聲響。但想到萬伯伯，聯想到的會是麻將、有錢的員外，可能因為他姓「萬」，也可能因為他圓滾滾的身材。

事實上，萬伯伯並不是有錢人，他是獨居的外省老兵，學校的工友，負責巡視學校，所以保管了學校全部教室的鑰匙。跟著他巡視，就可以進出平常被上鎖，只能隔著玻璃窗觀看的教室。

學校圖書館那棟四樓的教室，充滿神祕。窗戶垂掛著厚重的墨綠色窗簾，將裡面和外面完全隔絕。常常經過那兒，就會停下腳步想像著裡面可能放著什麼，而每次問萬伯伯，萬伯伯總淡淡地回答說：「裡面有我的朋友，你想認識嗎？」

我找了妹妹和玩伴，三人一起去認識萬伯伯的朋友。萬伯伯的鑰匙「喀答」的打開門鎖，推開教室門，拉開陳舊的窗簾，我們終於清楚地看見它完整的面貌。

一排又一排的陳列架，架上整齊排放著一罐罐玻璃瓶，有大有小，裝著滿滿的黃黑色液體，仔細端詳，發現靜止的液體裡赫然泡著大大小小的嬰兒。

是標本。已經小學生的我們都知道這些瓶瓶罐罐是標本，只管繞著陳列架看著。萬伯伯說：「手不要碰，不要跑，小心不要打破玻璃瓶。」教室裡很安靜，只聽得到我們的呼吸和腳步聲。

漂浮在福馬林裡的小嬰兒，真的死了嗎？為什麼看起來像活著？小嬰兒會永遠泡在瓶子裡嗎？感覺好可憐啊！

黑板旁立著一個完整的人形骷髏，黑黑的眼窩洞，但即使沒有眼珠子，卻感覺他正望著我們。萬伯伯拉起窗簾，教室又回到原來的黑暗。鎖上門，這裡就真的一點光都照不進去了。

走出教室，腦海中依然漂浮著小小的嬰兒。甚至離教室越來越遠了，耳邊隱隱約約聽到嬰兒哭聲。萬伯伯說：「每次關上門，他們都會哭呢！好像捨不得我走。」

之後，我們不再去那排教室附近玩耍，只要一接近，就會想起泡在福馬林的小嬰兒，不僅僅是害怕的感覺，更有著同情和悲傷。還是小朋友的我們很難釋懷，只能選擇不再去看他們。

陳先生

陳先生是我在安養院打工遇見的老人。白天，他會站在出入病房的大門口，和大家說早安，幫進出的人開門關門；晚上，熄燈就寢前，他會巡視整間病房，病房裡的二十五張床，床上的癱瘓老人都是他想照顧的對象，幫他們蓋好被子，彎下腰在他們耳邊說話，還會邊走邊哼著催眠曲。

上夜班，我會暫時放下手邊的工作，坐在護理站，看著陳先生在昏暗燈光下巡視病房，從開始到結束。視線一直跟著他，聽著他的催眠曲，一直到他完畢。然後，他會回到自己的床躺下，蓋好被子，乖乖睡覺。

陳先生有幾次溜出安養院的紀錄。他很聰明靈巧，爬樹、鑽洞，悄悄開了鐵門偷跑。每次都是跑到附近的墓地間晃，每次也都能在那裡找到他，問他為什麼要去？他回答：「我去找朋友」。

有一天的夜班，我真的見到陳先生的朋友來找他。

幾位不知道從哪裡飄來的「老人」，若隱若現的跟在陳先生身後晃動。我嚇了一跳，趕緊將病房的燈全部打開。我先請陳先生回他的病床睡覺，再對著空氣和陳先生的朋友說，現在不是探病時間，請趕緊回家。

那一個夜班，病房所有的日光燈都亮著，直到天光。

腳

護士學校的最後一個暑假，我去醫院打工當看護，照顧一位中風的阿公，白天幫他清潔、翻身、灌食，晚上就睡在病床旁邊的陪客床。

阿公住在三人房，病房進來的第一床，所以陪客床緊靠著門口的牆壁。夜裡，病房安安靜靜，只有規律的儀器聲響。

偶爾阿公會發出夢囈，他說，因為有人爬到牆壁上看著他。有一天夜晚，牆壁上的人爬下來了！我聽見阿公在自言自語，半夢半醒之間看到阿公的床尾站著一個人影。我完全清醒過來了，起身想看個究竟，不料人影轉瞬從門口飄了出去，我立刻追出了病房，隨即看到他。

他背對著我停步在走廊上，一個少了右腳的半透明人影。我一眼

就認出他，他就是正躺在病床上的「阿公」。

阿公在病床上睡得香甜。我幫他理理棉被，忍不住看了他那隻已經沒有了的右腳。阿公的人躺在病床上，靈魂卻還是自由自在，有時爬到牆上，有時走出無聊的病房去逛逛……但累了，一定回到身體好好睡一覺。

所有瞬間的停留，
都是一輩子的事。

追憶著鬼魂靈異的細節，
消逝永遠不會消失。
當我還活著的同時，
時間的盡頭仍在無形中變換。
回憶，天真無邪的向我揮手！
成長永遠都不會結束，
只會越來越晶瑩透亮。

看不見的躲藏

整個世界的重量都在防空洞上方，戰爭的影子在冰冷的水泥牆面俯視著。爸爸說起他參加的戰爭，也不過是幾十年前的事，現在回想又是幾十年前的事。幾十年加上幾十年，就是人的一輩子。

小學時，學校一個學期總會有一次防空演習。演習之前，老師會不斷重複指導我們必要的動作。我們認真、安靜的聽老師指令，被莫名湧現的恐懼和威脅環繞。整個小學時代，這類演習就像立正敬禮一樣日常，但六年來，我們沒有親眼看見飛彈從天而降，心裡難免有點矛盾的惆悵，「我們準備好了喔！可是，戰爭怎麼還沒來？」

放學回家，路上會經過一座防空洞，總忍不住站在洞口探頭窺視。一股杳無人煙的氣味從洞裡撲面而來，洞裡一片黯淡和沉默。大人說，不能進到防空洞裡玩耍，因為曾經有人走進去就消失了，

再沒有走出來。消失的人去了哪裡？當初是為了躲避戰爭，還是為了躲藏他的人生？或者是在防空演習時迷路了？

消失，總是常常沒有答案，就像沒有人知道戰爭什麼時候真的會來？從小練習著的防空演習，是我們的祕密忍術，當真的飛彈投過來，我們會進到防空洞好好躲藏。

冰塊

鎮上有一位騎腳踏車運送冰塊的老人。他的左手異常畸形，寬而四方的手掌，長著關節扭曲腫脹的五根手指頭。他總是一身白汗衫、灰色短褲、黑色拖鞋、脖子上圍著一條褪色舊毛巾。

晶瑩剔透的矩形冰塊安置在後座大大的不鏽鋼板上，用兩條黑色塑膠皮帶上下交叉固定著。老人皺巴巴的大腳不停踩著踏板，控制著腳踏車的行進，車速徐徐緩緩，經過的人都聽得見鏈子連接前後齒輪的吱嘎聲響。

盛夏，遠遠見到老人的身影，觸動內心隱蔽的好奇，我往他的方向過去，想看他怪異的左手，也想看冰塊。

老人後座的巨大冰塊，在陽光照射下飄散著迷濛的霧氣。裊裊上升的薄霧裡，一座海市蜃樓懸浮在上方。老人騎了一段路，準備

轉進某個小巷裡時，他會伸出畸形的左手往後揮舞，身後整座飄浮的城市也就瞬間消失。

鎮上的小巷子裡有一攤手搖冰。夏天，老闆站在製作手搖冰的不鏽鋼桶前，熟練的左右旋轉蓋子上的把手，桶子裡的碎冰嘎啦嘎啦作響，一會兒，老闆將鹽巴撒進碎冰塊當中，又轉了轉把手，重複幾次同樣的動作後，他一手打開桶蓋，另一手握著長長的勺子，用勺子鏟出細緻柔軟的冰沙，裝進塑膠袋、插入吸管、綁上紅色塑膠繩，將一袋冰涼新鮮的手搖冰交給客人。

不鏽鋼桶周遭總是圍滿了人，每個人都在等著自己的那一袋。
我也會擠在人群中，只是我永遠也等不到我的那一袋。

爸爸曾經說：「手搖冰的冰都是從殯儀館來的，冰塊上都躺過死

人。」我一直記得這說法，也記得死人，常常小手緊握著從撲滿撈出來的兩塊錢，就是無法提起勇氣和老闆說：「我要一袋手搖冰。」

某日，路上見到從靈堂運送冰塊出來的老人，牽著他的腳踏車從路邊辦喪事的人家裡走出來，腳踏車後座上放置著兩塊結實的大冰塊，畸形的左手閃閃發亮。

老人迎面經過我時，緩緩煞車，對我眨眨眼，然後塞了幾顆亮晶晶的冰塊到我的手上，我還來不及眨眼，他和腳踏車就已轉進小巷。

假娃娃

爸爸工作的護理學校技術教室裡，躺著許多塑膠假娃娃。那些假娃娃就像急救安妮一樣，讓護校的學生無法忘記。透過在假人身上的不斷練習，學生成為專業的護理人員。

學校裡有一個傳聞，要對那些假娃娃溫柔尊敬，因為他們也是某種生命。否則，他們會發出詛咒，讓學生考試不順利。

護理技術教室有著大片的透明玻璃窗，小時候的我很喜歡將臉貼在玻璃窗上看著他們，而某些時候我好像也確實看到，那些身上穿著病人服，被製作成病人的假娃娃在教室空無一人的時候，自動眨眼和轉頭，看起來就像是真的人，只是像被下了咒語無法移動。

我曾經幻想，也許在校園出沒的那些鬼，其實是從技術教室偷偷

溜出去玩的假人，或者，那些飄在空氣中的鬼魂，常常躲進那些假人的身體。被禁錮身體、渴望休憩的鬼魂，時間對他們來說只是幻覺，他們可以選擇在下一秒睜開眼睛，決定繼續躺在床上，還是變成鬼魂自由飄蕩。

鬼姐姐

某個暑假，我和姐姐、妹妹，我們有一個共同的朋友，鬼姐姐。
那陣子，我們聊天的主題都圍繞在鬼姐姐身上，也常常模仿鬼姐
姐的口氣遊戲。我們會說，你不行要賴！不然，鬼姐姐會生氣；
鬼姐姐說，玩輸的人，要跑操場三圈。我們還會固定時間去找她
玩和她說話。

和鬼姐姐一起玩的地方，是學校裡的音樂教室。音樂教室長形階
梯式的空間，前面有舞台，放置著鋼琴，我們會在上面唱歌跳舞
彈鋼琴給鬼姐姐欣賞。末端有一間放映室，偶爾放映電影。放映
室牆上開了幾個方形的洞，我們說，鬼姐姐住在那間放映室裡，
透過方形空洞和我們溝通和遊戲。

那個暑假，我們姐妹三人的想像力發揮到極致，對著空氣呼喚著
一個鬼，沒有人見過但都非常相信她的存在，和她說話、遊戲，

怕她生氣，對著方形空洞自演自唱。彷彿她時時刻刻就在身邊，陪伴著我們。

鬼姐姐是一個善良的鬼，從來沒有在我們的眼前顯影。因為她知道，存在於想像中的，永遠最美。

星空

秋夜天空繁星點點，抬頭仰望就能見到銀河朦朧發光。仔細觀察銀河的左右兩邊，會發現有兩顆較大的星星閃爍，那是織女星和牽牛星。

民間傳說裡，農曆七夕是牛郎和織女相會的日子，無數成群的喜鵲在這日會自動拍打著翅膀從四處飛來搭橋，牛郎和織女踩著一隻又一隻的喜鵲，朝著想念的彼此奔跑，在喜鵲橋上見面、傾訴、擁抱，直到夜晚結束。

童年的七夕夜晚，我會出門看星空，想看牛郎和織女千里來相會。我期待見到兩個穿著古裝的人，從遙遠的夜空緩緩顯現，也期待帶來好運和福氣的喜鵲和美麗的喜鵲橋。但因為連續幾年的期待落空，我開始對七夕這天有些失望。農曆七月七日的夜晚和平常的每一個夜晚並沒有什麼不同。除了一道彎彎的月亮、許多小星

星，或許有時飄來幾朵雲、一架夜晚航行的飛機，其他什麼也沒有。

比失望更絕望的感覺就是結束。隨著童年結束，我再也不幻想看牛郎與織女在天上的相會了。科學書上寫著：「銀河係由數千億的恆星組成，充滿濃密的氣體和塵埃，中心處有強烈的電波源是個超大質量黑洞。」

民間傳說已經掉進宇宙大黑洞，牛郎和織女手牽手用光年的速度穿越時空，往更黑的那個層次私奔了。

外婆的喜歡

小時候的家，周圍滿滿是荔枝樹。炎熱的六、七月，走出家門就能隨手摘到味道甜美的紅紅荔枝。家裡的冰箱裡、廚房的地板上，時刻都堆滿用報紙包著的荔枝。季節到此，大家不特別談論著荔枝，眼睛見到的水果、鼻子聞到的味道、吃進嘴巴裡的滋味，除了荔枝還是荔枝。

荔枝季節，住在遠方的外婆會搭巴士到我們家。外婆圓滾滾的身形總是套著一件連身洋裝，胖胖的腳上穿著一雙露出腳趾頭的駝色涼鞋。外婆早餐喜歡吃烤焦麵包塗上厚厚的草莓醬，中午固定午睡，晚上會搬一張小板凳，坐在離電視機很近的地方，專注的看著歌仔戲。

外婆喜歡早起，早晨薄霧還未散去，她就出門沿著荔枝樹散步。一邊走一邊隨手摘下成熟的荔枝，剝掉暗紅色果皮，隨手一扔，

將白色多汁的果肉放進嘴巴裡，然後吐出黑色光滑的種子。她真的好喜歡荔枝，吃完一粒，臉上就會露出滿足的笑容。

真是一種不可思議的水果啊！

儘管時光最終必須流逝，外婆的身影和荔枝的記憶浸透重疊。只要回憶，外婆就能在那條沿路的荔枝樹下不斷重複經過。我從來都聽不懂外婆的語言，那是一種來自古早的方言。但是我知道，只要拿出荔枝給她吃，她就會笑得很開心！荔枝，真是不可思議啊！

玉蘭花

雖然沒有聖誕樹，不過爸爸在家門前種了一棵玉蘭，枝葉繁茂，每當春夏或秋天的早晨，玉蘭花幽幽地綻放，每一片淡黃接近白色的花瓣凝結著純淨的花香。這時，爸爸總會從樹上摘下幾朵新鮮的玉蘭花，放在祖先牌位前，接著點燃三炷香祈求祖先保佑。

冬季，玉蘭花進入休眠，枯枝落葉沙沙搖晃，樹上再也找不到玉蘭花，也聞不到熟悉的清香，樹木無聲地睡著了。

鎮上的小教堂每年在聖誕節都會舉辦晚會。平安夜！我和哥哥姐姐妹妹一起走路到小教堂唱詩歌和表演。在晚會結束後，排隊領聖誕節禮物，每位小朋友一人一盒雪花糕。當手上領到外盒印製有聖誕樹圖案和「聖誕快樂」字樣的雪花糕時，我們的心情就像願望被實現了那般雀躍，滿足愉快。即使回家的路程遙遠又寒冷，但每一步都走得很溫暖。

温暖的步伐一路到家，蔓延在家門前的那棵玉蘭花。原本在春夏天的玉蘭，在平安夜裡幻化成美好的聖誕樹。爸爸在樹上裝飾了一小串、一小串閃閃發光的燈飾，五顏六色的小燈光在黑夜裡不停止的閃爍著，我的心裡也湧出許多小小的噴泉，隨著燈光跳舞。

我們帶回來的雪花糕，會被切下一小塊盛在小盤子裡，放到祖先牌位前，和祖先分享。爸爸說：「好吃的雪花糕和芬芳香氣的玉蘭花，祖先都喜歡。祈求祖先保佑一家人平安、健康。」

靈車上的照片

醫院下班，經過停車場的走道時，遇見一列喪禮車隊。迎面來的黑頭車的前方，掛著被花環圍繞的死者遺照。我站在遺照的正前方，眼神來不及閃躲，直接和照片上的「人」面對面，那個「人」扮了個鬼臉對我微微一笑。

爸爸去世之前，我到鎮上的相館沖洗他自己選擇的遺照。相片洗好，相館的老師傅說：「你爸爸年輕時是帥哥喔！」我騎著摩托車，沿路莫名的掉眼淚載著爸爸的遺照回家，紅著眼睛把照片拿給爸爸看。他滿意地看著自己的照片，接著開口用很有力氣的聲音對大家說：「不要再哭了！」

死亡總是充滿著不捨，喪禮之後就是真的告別！當去世的人勇敢的接受自己的離去，而活著的人對於死亡到底還需要多少牽掛？一輛輛黑頭靈車從我身邊緩緩經過，隨著火化之後，死去的人將

徹底從人世間消失。送行車隊越行越遠，在我的視線裡漸漸模糊。
　我不認識照片上對我扮鬼臉的人，對他的人生一無所知。我經過
了他──在他已經死亡，即將化為灰燼。但是他的微笑讓我感受
到豁達，一如那時爸爸對著哭哭啼啼的我說：「不要再哭了！」
同樣的勇氣。

長大

當我問著：「你，長大了嗎？」我想著的其實是：「你，會長大嗎？」

一直到步入中年的現在，我還會希望著，希望在某一刻見到已經去世三十多年的兒時玩伴。我想知道，已經在另一個時空的她，長大了嗎？還是，再次見到她的臉，她依舊是十二歲的模樣？還活著的我，繼續長大，甚至變老，十二歲年紀，她發生意外，還來不及長大，生命就徹底停止了。

當我問著：「你，會長大嗎？」我想著那些戛然而止的生命，那些識與不識的人，因為死亡，究竟去了哪裡？童年玩伴去世之後有段日子的夜裡，我會在之前一起玩耍的地方等著，深信她會出現。結果沒有。然後我慢慢長大了，她的死亡靜靜沈睡在我的記憶之中。

當我問著：「你，會長大嗎？」
其實我比較想說的是，生命從來就不是靜止不動，死亡也是。活著的，珍惜當下，並感謝所有看得見或看不見的，眷顧地長大。

國家圖書館出版品預行編目 (CIP) 資料

你，會長大嗎？/ 李嘉倩文．圖．-- 初版．-- 臺北市：
大塊文化，2018.05
　面；　公分．--(Catch；239)
ISBN 978-986-213-888-5(平裝)

855　　　　　　　　　　　107005022

LOCUS

LOCUS

LOCUS

LOCUS